클래식 25시

시와소금 시인선 · 087

클래식 25시

이성웅 시집

시와소금

▌이성웅

• 2006년 울산문학 신인문학상 수상.
• 2012년 첫 시집 『엘 콘도르 파사』 발간.
• LG하우시스, 한국표준협회 긴설팅 전문위원 역임.
• 현 울산장애인종합복지관 상담 및 관리.
• 전자주소 : swleeg9787@hanmail.net

내게서 풍족한 건 시간이다
닥친 날들을 무제한 사용할 뿐,
미세먼지보다 조밀한 생각들
며칠은 쓰고 그나마 며칠은 기억에 없다

불확실성의 시대, 이만큼 확실한 하루가
보장된다는 것은 행운이다
이 하루를 시로 기타로 바둑으로 또
여행으로 채울 수 있다면 이 또한 행운이다

첫사랑처럼 시에 눈멀어
허우적거려도 좋을 날들은 어디
시간 앞에선 늘 가슴앓이를 한다

그나마 어떤 날은 찻집에 앉아
메타포의 가랑비에 젖거나
낯선 행간에 갇히거나
관념 밖으로 내 몰리기도 한다
내게서 배부른 건 시간이다

| 차례 |

| 시인의 말 |

제1부 도서관 산책

제2부 자정에 들다

제3부 폭염사용설명서

제4부 비상구가 없다

작품해설 | 박해림

제 1 부

도서관 산책

태화루

그 옛날
어느 묵객이 읊다 버린 조각인가
강물 속에 비친 달 그림자,

유구한 시간을 받치고 선 용바위 위로
허물어지고 또 쌓아올린 누각을 생각한다
사라진 흔적을 더듬어 다시 꿰맨 누각,
행랑채 지나 주상루 배흘림기둥에 기대본다
석공과 대목장의 땀으로 깎고 혼으로 잇댄
대들보 위엔 한 쌍의 학이 자리를 틀고
용금소에 놀던 청룡 황룡이 단청에 몸을 풀고 있다

어쩌랴, 천년의 시간 속에 허물어진 400년,
난간에 올라 상류향 굽어 흐르는 물줄기 위로
댓잎 같은 푸른 말을 걸어온다
오늘 밤, 강물 속에 비친 내 그림자
어느 묵객을 닮아있다

우산

오늘은 장마전선,
불현듯 허리가 꺾였다

비바람에 살 하나 부러졌을 뿐인데
나머지 살도 버티기 힘든지
작은 바람에도 휘청거리며
비를 제대로 막아주지 못했다.
우산을 버리려다 잠시 살 하나가
생각을 잡아끈다
누가 날 위해
온몸으로 비바람 막아준 적 있나
제 몸 부서지며 희생한 적 있나
한 번도 고맙게 생각한적 없던 나
손에 들린 부러진 우산에 미안하다
얼마나 힘겨웠을까
어쩌다 비오는 날만 허겁지겁 찾았고
맑은 날 한 번도 펼쳐주지 못한 우산,
오늘 그도 온 몸에 한기가 들고

욱신거리는지 휘청거리며
겨우 비를 막고 있다

도서관 산책

가끔 삶이 건조하거나
오랜 경전같이 머리가 무거울 땐
이 도서관에 들린다

사각사각 나뭇잎 갉아먹는 소리
서술로 풀려있는 낡은 문장들,
발밑에 물 흐르는 소리가 난다
마르지 않는 밀림의 샘이
삭막한 이 도시로 흐르다니…
백과사전 닮은 한 여인이 지나간다
푸드득 컹컹 날개 달린 책하나
일탈을 시도하는 중이다
베스트셀러라는 이름의 새다
생의 틈새로 한권의 자서전이 되기까지
화장을 하고 덧칠한 문장도 눈에 띈다
아마존의 새떼처럼 자유로이 날기 위해
잠시 정박해 있는 문장들
그들의 낯선 밀림을 배회하다 보면

어렴풋이 책 사이로 길이 열린다

똑똑한 수사들로 채워져 있는 숲

누구든 이들의 내력을 펼쳐주기만 하면 된다

수많은 땀과 지문으로 자라난 밀림,

모든 영감이 바람으로 되기까지

모든 문장이 길이 되기까지

이 숲에 묻혀진 이름들을 불러내야 한다

건조한 영혼에 물길을 내줘야 한다

우연

아침마다 그녀를 만난다네
말총머리 걸음걸이를 지나친다네

일곱 시 오십일 분이 아스팔트 하얀 선이
그녀의 말발굽을 옮기는 시각
파란 신호등을 향해 걸어오는 그녀
눈매가 말보다 순해서
점멸 때마다 한 칸씩 조심스럽다네
횡단보도에서는 앞만 보고 걸어야 한다네
차보다 더 살펴야 하는 걸음걸이
겨우내 검정 코트가
오늘은 우윳빛 체크무늬라네
가방끈을 앞으로 두른 채
호주머니에 두 손 심어진 풍경과는
오늘 사뭇 다르다네
전방이 열려있는 체크가 고삐 풀린 듯
걸음마다 질끈 내 눈길 묶는다네
질끈 묶인 내 마음 너풀너풀 말춤을 춘다네

카푸치노

한잔의 기억을 선물 할까요
쓰다는 느낌보다 그윽하지요
갈색 입자는 에티오피아 유전자로
머릿속을 까맣게 로스팅 하지요
가슴은 잘 스티밍된 우유처럼 부풀고
상대를 읽지 못한 크레마는
공허한 하트를 띄워 그대 주변을 떠돌지요
오늘은 어느 수다에서 피어나는 가요
그가 내포일 때 난 메시지를
그가 은유일 때 내 혓바닥은
카푸치노 고소한 함축을 말하지요
브랜딩은 내 취향이 아니지요
시처럼 담백한 싱글오리진으로
그대 가슴에 쓰며들고 싶어요
카푸치노 그윽한 한잔,
신맛은 과거이고
사랑은 첫 느낌으로 살아나야 해요
난 그대 눈동자 속에 떠도는
하트무늬 머그 한 잔이지요

클래식 25시

오동나무 꽃 피면
내 꿈도 다시 피어나려나
울림통에서 유년 한때의 휘파람 소리가 났다
누구 한 사람 공명한 적 없던 내 노래,

반올림 #보다
반 내림 b이 더 좋을 때도 있다
자꾸만 되돌아 보이던 되돌이표
기타교실 악보 속에 있는 줄 몰랐다
잘 짜인 곡의 노래를 부르고 싶어
클래식 기타를 장만했다
지나온 삶 그리 클래식하지 못했다
서툰 가사에 굴곡진 내 곡조,
코드가 맞지 않은 노래도 불러야 했고
쉼표에도 제대로 쉬어주지 못했다
팅~하며 끊어진 기타 줄처럼
둔탁한 파열음으로 드러눕기도 했다
한 소절 뒤늦은 꿈,

딱딱한 음절이 손끝으로 빠져나갔다
낯설은 악보는 울림통에서 쉰 소리를 냈다
클래식하게 한번 살아 볼 결심으로
튜너로 줄을 팽팽하게 조율했지만
노래는 갈라지고 손끝에 물집이 잡혔다
'옛 시인의 노래' 한 소절로 가름할 수 없어
'꿈의 대화'로 꿈같은 삶을 그려본다
꿈에 부풀거나 멍들었던 한 생이 비로소
아르페지오 한 소절로 건건히 전해왔다
손끝으로 클래식 기타를 튕기며
지난 삶의 무늬를 지워낸다
언제 한번 반짝거릴 날 기대하며

어신魚身을 읽다

무 자르듯 싹둑 잘린 물고기,
망나니 춤처럼 칼에 피를 묻혔다
머리와 분리된 몸통,
이승과 피안이 극명해지는 순간이다
뜨거운 느낌이 어골 중심부에 미치자
탄식처럼 꼬리로 바닥을 내리친다
저 힘으로 수압과 거친 파도를 거슬러
여기까지 당도하였을 것이다
처음으로 자신의 등 푸른 하늘과
날렵한 꼬리지느러미를 확인하는 순간이다
등뼈와 비늘을 발라내는 동안
우두커니 입질하는 선명한 눈빛
생의 마지막 해도를 기억해 내는 중이다
조류처럼 목 아래로 숨이 빠져나가자
그제서야 바다는 스스로 물러갔다
해저 바닥보다 깊이 가라앉는 것은
적출된 부레 때문이라고 생각했을까
토막토막 살점을 발라내는

주인의 빠른 손놀림만큼이나
싱싱하게 버텨주어야 하는데
한 생의 신선미가 더해지는 것인데
고맙게도 주인은
포말 같은 하얀 무채 위에 살점을 채워
해초 몇으로 몸을 가려주었다
꿈속의 아득한 바다 위에 누웠다
바람 한 점 없어 잠들기 좋은 날이다

신발 그녀

그녀 신발,
요즘 식모처럼 우울하고
백조처럼 공허하다

퇴근길 문 열고 들어서면
알록달록 몇 켤레 그녀 신발,
땀 절은 내 신발 그 옆에 벗는다
온종일 그리 멀리 가지도 못했을
그녀의 작은 신발이 애처롭다
오늘은 어느 수다에 떨고 왔는지
파김치처럼 고요하다
한때 그녀의 자존심 문수를 잘 못 읽어
집 밖에서 맴돌기도 했었지
어쩌다 구겨져도 가출한 적 없이
그녀를 잘 데리고 다닌 빛바랜 신발,
까칠한 내 보폭에 맞추기까지
얼마나 꼬이고 비틀거렸던가
자존심 설키어 물집 잡혔던가

험한 길 함께 걸어온 그녀,
요즘 신발코가 쑥 들어갔다
잔소리는 늘고 자주 깜박거린다
얼마나 더 다가가야
푸념의 잔소리가 노래로 들리려나

이명

오래 전부터 정신의 한 모서리
자리를 튼 매미 한 마리
사시사철 귓속에서 울어대지
언제 집을 지었는지 알 수 없지만
태풍처럼 휘둘렸을 정신의 끝자락에서
고달픈 노래를 불러주곤 하지
좀처럼 달라지지 않는 일상처럼
진부한 노래를 듣고 있노라면
내가 한 그루 나무인 줄 착각하지
기약 없는 동거라지만
이명의 화음이 환청처럼 익숙하여
생이 이토록 단조로운 음에 편향된 줄 몰랐지
정신의 한가운데 방목 되어
울림판만 있고 날개를 잃어버린
가냘픈 매미 한 마리,
언젠가 금선탈각을 거쳐 푸른 숲으로
자유로이 날아갈 날 기대해 보지

태화강

바람이 분다
신불산 억새 우는 소리
이 강의 음유로 듣는다
청보리 빛 시골길을 가로질러
도심 쪽으로 흘러 어언 삼십여 년,
급격한 유년의 흐름을 지나
한 번도 거스른 적도 범람한 적도 없는
고달픈 내 강줄기를 생각한다
삶이 허기져 바닥을 드러낼 때도
신성한 노동만큼 꺾인 내 허리
저 강줄기만큼이나 휘어있다
어디쯤 흐르고 있을까 내 모습,
고요한 수면 위로 수제비를 뜬다
핏기 잃은 청춘이 파닥거린다
기름진 이 강 넘나든 세월,
신불산 억새 우는 소리 위로
낯설어가는 내 흔적 드리운다

스카이 댄서

움츠려 한풀 꺾인 이 거리,
꺼꾸러지고도 고개 치켜든 네가 좋다

거리의 집시로 내몰린 춤사위,
허공이 받아내는 바람의 한풀이라서
바람의 과식으로 허리를 펴는 너의 춤
한 호흡 헛배 채워 어깨 들썩한 추임새는
바겐세일에도 싸구려가 아니지
한동안 웃음 잃은 내 표정,
딱딱한 안면 근육이 조금씩 풀려간다
희망하나 보이지 않고 웃을 일 없던 세상,
간도 쓸개도 없는 놈이라 누가 비웃으랴
헛바람 들어 웃음을 판다지만
얄팍한 상술에 아랑곳않고 펄럭거린다
한겨울 밤늦게 일 마친 귀갓길,
퇴직을 앞두고 바람을 탕진해 버린 난
관절이 시리고 마음 울적하여
자꾸만 키다리 네가 올려다보인다

관능적이지도 눈길도 끌지 못하지만
온종일 관절 꺾여도 아무 일 없었다는 듯
벌떡 일어나 춤추는 네가 좋다

명선도

간절곶 비켜선 하늘 끝자락
너울성물음표가 출렁이는 섬,
부서진 꿈인 양
바라보는 것만으로 아득한 섬 하나
파란 여백으로 젖어든다
영겁의 일출을 품은 배경도
향유고래 길잡이도 저 어디 쯤
한때 설레던 해국으로 왔다
아득함으로 남은 간극처럼
좀처럼 좁혀지지 않는 거리,
파도 푸지게 거센 날
자욱한 근심 지워낼 해무 한 필
잘라 훨훨 날아가고 싶다
한 번도 말린 적 없는 저 축축한
섬의 아랫도리,
어쩌면 나의 요람이고 내가
돌아가야 할 곳인지도 모른다
파도 날로 깎고 꿰맨 갯바위 틈새

도둑게처럼 자꾸만
달아나는 썰물의 시간들
일몰을 뉘는 일만큼 고단한
내 하루도 기울고 있다

대왕암 몽돌

천년의 잠 깨우려는가
대왕암 해안로 너븐개 몽돌해변,
바닷속에 묻힌 대왕의 꿈 지키려
밤낮 불침번 서는 몽돌군단이 있다
눈동자 반짝반짝 사기가 높고
불끈 돌주먹으로 이 해안 지키고 있다
육지와 바다의 경계는 철통같다
살을 깎아 부르는 이들의 함성
한때 왜적선 포성을 기억하듯
너븐개 해안 고래몰이 포경선의
피비린내를 기억한다
한결같이 서로 다른 얼굴들
떠나온 고향도 다르지만
밀려오는 파도에 몸을 싣고
승리의 노래 합창하고 있다
이 바다 넓고 깊은 대왕의 꿈,
밤낮 목청 높여 노래 부르고 있다

신화마을엔 귀신고래가 산다

이 마을 골목엔 귀신고래가 산다
담벼락 수면 위로 뻐끔뻐끔 숨을 내쉬며 산다
벽화로 출렁이는 물보라 사이로
작살 맞은 듯 바다는 신화처럼 끓고
아이들은 할아버지 흉내를 내며 고래 떼를 쫓고 있다
고래잡이 금지령이 내려진 후
장생포 포경선보다 먼저 녹슨 황 씨 할아버지
장생포항 개발에 떠밀려 이곳 신화마을에 이주해
어언 귀신고래를 닮아있다
할망구 없이 살아도 고래 없이는 살 수 없다며
밤마다 술고래로 절은 혓바닥은 날렵한 작살이 된다
한때 포경 재개 소문에 들뜨게 했던 황 씨
가끔 침몰하는 귀신고래에 놀라 잠을 깰 때는
작살 대신 하얀 연기로 고래몰이를 한다
장생포 비릿한 해풍이 불어올 때면
귀신고래는 신화마을 벽을 타고 출렁인다

장생포

고래의 심장박동이
파도 너머로 전해오는 이곳 장생포,
어느 물길로 헤엄쳐 오고 있나
'신화처럼 소리치며 고래 잡으러…'
내 유년에 목청 높여 부르던
'고래사냥' 그는 들었는가
그 어느 때 작살 기억 때문인지
고래의 흔적은 보이지 않고
그를 부르는 노래로 바닷물은
더 투명하여 내 꿈 닿고 싶었나 보다
한 번도 만난 적 없는
그들 놀이터를 동경했었지
푸후후~ 물을 뿜어내는 그의 한 호흡
이토록 가파를 줄이야
장생포 해안에 모인 수많은 발길
고래가 놀고 피를 뿌린 옛 흔적이듯
고래사냥은 내 유년의 바람일 뿐

아버지의 뒤뜰

들일 마친 어스름 진 뒤뜰,
아버지의 오아시스인 줄 몰랐다

엄마가 쑤어놓은 포도주가
채 익기도 전부터 아버지께서
환한 얼굴로 나타나시곤 했다
궁금한 어느 한여름 밤,
뒤뜰에 항아리 뚜껑을 열었다
그 속에 별들이 둥둥 떠다니고 있었다
달짝지근한 별 하나 별 둘,
알알이 떠도는 별들을 건져 먹었다
어린 내 눈동자 속으로 빙글빙글
큰 산이 휘몰아 돌고
별들이 바쁘게
왕래한 것을 처음 알았다
몇억 광년 잘 익은 별들,
아버지의 뒤뜰에서
그토록 반짝거릴 줄 몰랐다
항아리 속에서 익어갈 줄 몰랐다

제 2 부

자정에 들다

시작詩作

무상으로 흐르는
영혼의 도랑에
잠시 통발을 갖다 댄다

영감의 수초를 밟는 동안
한 뼘 통발 안에
와글거리는 활자들

자정에 들다

새로울 것 없는 일상들
다시 거듭나려 터널 앞에 섰다
얼룩진 무늬를 지우기 위해서다

애초 변곡점 많았던 지나온 길
후줄근히 물세례라도 맞아야
다시 시작할 것 같다
자성의 시간 속으로 진입하려면
부풀던 속도의 관성을 접고
기어를 중립에 놓아야 한다
거듭난다는 건 중립을 지킨다는 건
또 다른 시각이 필요한지도 몰라
백미러를 닫고 자정에 든다
브레이크에서 발을 떼자
자각 증상인지 전진을 시작한다
차창 밖 물세례가 진행되는 동안
두 눈을 감고 암묵의 시간에 든다
생의 반환점에서 붙은 가속도

목적지 지나친 일 한두 번이었으랴
엑셀레이터 하지 못한 나와
브레이크 하지 못한 차 사이
생사의 경계에서 극심한 정체도 있었다
내 의식의 조종간에 충실한 것뿐인데
온통 흠집이고 얼룩투성이다
길목마다 새겨진 얼룩에 거품이 걷히고
보루의 손길이 지난 후에야 전방이 드러났다
운전대만 잡으면 성급하던 전방,
어느덧 파란 신호등이 켜지고
오늘 다시, 상쾌해도 좋다는 신호다
세차 후 비 내리던 머피의 법칙도
오늘은 만나지 않을 듯싶다

신의 한 수

바둑 한판이 천수를 가름한다면
인생 9단 어디쯤인가
바둑판 사이에 두고 한세월 흘러간다
삭막하고 소요로운 세상,
흑백으로 얼마나 많은 시비 있었던가
흑백 돌로 얼마나 많은 시름 덜었던가

지난날의 착수를 생각한다
신의 한 수 애초 없었다
안착할 수 없던 지난 시간을 물릴 수도 없다
수읽기 부족에 형세 불리해도 가일 수 못하고
후수를 둔 것이 패착의 원인이기도 했다
열심히 살아왔지만 막상 계가를 해보면
덤에 걸리거나 몇 번의 불계패도 있었다
삶의 변두리를 등한시하거나
실리와 세력을 두루 살리지 못했다
때론 남의 집이 더 크게 보여
삭감의 악수를 둔 것도 실책의 원인이었다

제2의 시작,

늦은 감 있지만 새판을 구상한다

단순한 포석으로 행마를 시작하고

실리를 챙겨 승산 있는 한판을 상상한다

바둑 구경에 도낏자루 썩는 줄 모르던

진나라 왕질처럼 후반의 신의 한 수,

인생 9단 한 백 년 불계승을 꿈꾼다

길

길이 끝나가는 길 위에
내가 서 있다

잠시도 여유 없이 걸어왔던 이 길,
뒤돌아보면 신기루처럼 아득하다
새벽잠 걸치고 출근하던 날들
우루루 신나던 퇴근시간들
찰나로 지나가던 흥분된 주말도
고질병 같은 월요병도 모두 반납하고
바람의 계시를 따라야 한다
밤낮 생산품질에 시달리던 기계여
타다타닥 내 꿈을 대변하던 자판기여
살아있는 동안 일을 멈추지 말자
아무리 힘들어도 포기하지 말자
슬픔도 기쁨도 잠시 스쳐 가는 바람
오래 걸친 작업복처럼 익숙한 일도
불경기에도 걱정 없던 월급도
무중력의 시간에 반납해야 한다

길의 레시피를 다시 짜야 할 시간,
흩날리는 가을 끝자락이 두렵고 쓰다

길이 끝나는 길 위에 서성이다
모래시계를 뒤집는다 퇴직의 날,
땀 흘리며 나눈 동료 얼굴 등지고
순례자의 길로 들어선다

산벚꽃

있는 듯 없는 듯 백발이신 어머니,
합병으로 걸음을 잃으셨다
쇠약한 어느 날 요양병원에 누워
자꾸만 허둥대시며 신발을 찾으셨다
동네 경로당 불이 켜졌다는 것이다
친구들이 기다린다는 것이다
얼마나 적적했을까
걸어가 만나고 싶었을까

이른 봄 산기슭 뻐꾸기 소리에
산벚꽃이 하얗게 피었다
보일 듯 말 듯 산 중턱 한 그루
백발인 채 자꾸만 날 부른다
한때 적적했던 요양병원 어머니,
해마다 이맘때면
먹먹한 이 산기슭에서 만난다

시각

부처는 황하강을 감로수로 보고
아귀는 불로 보인다고 한다

삶의 원근법을 잘못 읽은 탓일까
요즘 내 시각, 세태만큼이나
헷갈리고 흐리다
감로수 그 시선 어디서 놓쳐버린 것일까
좌우의 시각 언제쯤 뒤틀어졌는지 알 수 없다
좌측 눈이 물로 읽으면 우측은 불로
우측 눈이 물로 읽으면 좌측 또한 불이라 말한다
심각한 백내장인지 같은 것을 다르게 읽고
다른 것은 틀렸다고 읽는다
겹겹의 시각차, 물 수水 자가 불 화火
익숙하게 왜곡되어 혼미하다
혼탁한 세상의 프리즘에 초점 놓친 것일까
오늘 내 시각, 충분히 붉고 어지럽다
감로수가 불로 보인다면
난 이미 아귀임에 틀림없다

살

해마다 이맘때쯤이면
투박한 경상도 언어도
입속에서 풍화작용을 일으키지
쌀쌀한 날씨가 살살해지고
싸리문이 사리문으로 열리면
귀한 쌀밥은 어김없이 살밥이 되지
추수가 끝나자 누나는 밤마실로
쌀뒤주를 뒤지는 살도둑이 되었고
겨울이 채 가기도 전에 내 도시락은
까만 꽁보리밥으로 채워졌지
살가웠던 엄마는 더 쌀가워지고
쌀쌀한 늦겨울은 더 시려 살살했지
아침마다 책보를 메고 내미는 일곱 손
아버지 얼굴은 쌀가마보다 먼저 쪼그라들고
속내는 보리쌀보다 까맣게 타 들어가
우리집 보릿고개는 더 빨리 찾아왔지
지금도 찬바람 불 때면 밥상머리엔
어머니 한숨 섞인 살 냄새가 피어오르지

혀

불국사 대웅전 앞엔
석가탑 다보탑이 나란히 서 있다
다보탑 앞에선 말을 아껴야 한다
소통 부재의 시대,
상대의 가슴에 닿지 못하는 말들
다보여래가 긴 혓바닥으로
사바세계에 닿아
석가여래의 말씀을 증명했다면
세 치 내 혀는 좀처럼
나를 대변하지 못했다
가끔 감정의 골짜기에 휘둘려
꼬여버린 메아리만 되돌아올 뿐,
날이 갈수록 날렵해지는 혀로
대책 없이 간극이 멀어지기도 했다
입천장과 혓바닥, 너와 나 사이
그 떨림의 촉촉한 언어는
어디로 증발하였을까
다보탑 앞에서 혀가 꼬여 들어간다

옐로우 클리멘타인*

꽃이던 시절,
다시 오지 않는 것인가
누가 뿌린 마음인지 촉촉한 몽우리

옐로우 클리멘타인, 오래 익은 그대 눈빛
탈색된 내 표정을 알아보려나
잊고 살아왔는데 문득 여기서 만나다니
겹겹의 문이 열릴 때마다
상기된 음각 사이로 흘러나오는 꽃말들
노란 입술의 향기는 변함없는데
설레던 내 몽우리 어디서 잃어버렸는지
노랑 머릿결 첫사랑은 어느 몽정에 새 나갔는지
첫 마음 변함없다는 그 말
이 언덕에 올라 언뜻 되살아나네
옐로우 클리멘타인,
그대 순결로 명치끝을 찔러댔을 때도
같이 있고 싶었던 순간들도 기억하지
한동안 알아보지 못한 사이

스치는 바람의 표정인가
그때 그 모습 아련한데
우리가 잊어버린 것은 표정이 아니라
촉촉했던 기억이라네

* 옐로우 클리멘타인 : 울산대공원 독일산 노란 장미.

그림자

고대인은 자신을 따라다닌 그림자가
자신의 영혼을 기억한다고 믿었어
내 영혼을 기억하는 그림자
모든 빛을 경외하며 등 뒤에 살고 있지
요람부터 동거라지만
성급한 나와 한 번도 다툰 적 없어
힘든 어느 날 고개 누그러트린
그를 마주친 적 있지
수묵화처럼 무표정한 그,
어둠의 철학을 신봉했었지
서로 의지하지만 믿지 않았고
가는 길은 같지만 꿈은 달랐지
내 발등에서 자라 내 보폭을 따르지만
한 번도 위로해 준 적 없어
한때 이승의 경계,
서로 길 잃은 적 있었지
요즘 그도 관절이 쑤시는지

꺾인 걸음이 굼뜨고 어깨가 처졌지
언제까지 날 기억할지 알 수 없어

고향집

서당골 천수답 그 아래로
해거름처럼 발길을 옮긴다
밀양군 상남면 기산리 1553-2
꿈속에 그리던 본적지다

마른논처럼 내 꿈 그려지지 않을 때,
가진 것이라곤 끝날 것 같지 않던 가난과
해마다 새끼를 잘 낳아주던 누렁이 소,
그리고 매일 친구들이랑 꼴망태 메고
찾아다니던 귀한 소풀이었다
그 모두 어디 갔나
그때 그 아버지 닮은 내 모습
이 집은 알아볼까
마당에 뛰어놀던 아이들 대신
그 아이보다 큰 개망초
제 집인 양 떡하니 차지하고 있다

서까래 꺼져 비바람 넘나드는 부엌

아홉 식구 끼니때마다 어머니 한숨소리
타들어 가는 아버지 속내같이
검게 그을린 채 홀로 지키고 있다
고개 들면 보릿고개 아버지 빈 지게처럼
그 높던 종남산도 어깨 축 처져있다
아무도 살지 않는 적막한 고향집,
노을만 가득 눈가에 고인다

병영성

이 성곽 관문을 지키던 병사
모두 어디로 갔나
성지기인 양 매일 드나드는 북문지,
허물어져 복원된 성벽 따라 걷는다
성 외곽 따라 깊이 파인 해자처럼
발아래 동천강이 흐르고
동문지로 이어진 산전 샘도
그때의 함성 기억하며 흐른다
병영성 8길 지켜온 30년,
수백 년 풍화 떠받친 기초석 마냥
내 모습도 이 성을 닮아간다
성곽 따라 어디선가 징소리 북소리,
붉은 깃발 휘날리며 함성이 들린다
병영성 축성 600년 행사,
경상좌도지사 근엄한 복장을 껴입고
긴 칼 휘두르며 호령해 보지만
도대체 군령이 서지 않는다
왜적의 침략만큼이나

쉽게 복원되지 않던 성곽처럼

내 머리에 올려 쓴 사모관대,

오늘 자꾸만 헐겁다

자장매

어느 바람에 부풀었나
통도사 350 수령 홍매화,
시샘 바람에도 성급한 홍조가 겹다
어느 동양화가 먹먹한 붓끝인가
화폭 온통 봄내음을 터치하는 동안
바삭거리듯 겨울 끝자락에 매달린
내 가슴 한 켠 아득히 저며든다
지난봄 지워냈던 고운 기억 더듬어
딱딱한 각질 속에서 애태우던 날들
먼 길 돌아 다시 만난 행간에
아픔 아니고서 어찌 붉었으랴
자장보살 거룩한 자애 깃든
빛 고운 자장매 몽우리,
어느 고승인들 흔들리지 않았으리
한 송이 꿈, 사군자 기품에 닿아
벌 한 마리 부르지 못한다 해도
향기 없이도 피워낸 섣부른 호기,
속눈썹 치켜든 꽃 수술 눈망울이 겹다

영각전 빗살무늬에 투영된 그 자태
잠시 바람처럼 머물렀던
내 마음 어느덧 무량해지고
영축산 석양빛에 아련하다

4월 별곡

누가 이 꽃길로 떠나갔나
각자 제 잎 모양으로 익숙한 듯
이별이 바람보다 쉬 다녀갔다
봄이 왜 몸살로 드러누웠는지
꽃이 봄의 대상포진인 줄 몰랐다

꽃멀미는 오랜 고질병인지라
계약 끝난 언어들이 뒤척이는 이 길
어느 간절함이 피어올라
내 심연에 뻗은 꽃말을 헤아려본다

얼마나 설레었을까
순백의 원피스 펄럭이며
제 혼자 가는 길,
순결이란 꽃말도 부질없던
바람의 언약일 줄이야

발바닥에 저민 촉촉한 연민

한순간 풀어헤친 응어리일 줄이야
하얀 밤 지새운 고백처럼
먹먹했던 허공 떨치는 일,
연둣빛 그 너머로 홀연하다

서운암 금낭화

통도사 서운암 뒤뜰 홀연히
고개 내민 너의 자태,
나의 사월은 간다

그대 초롱한 눈동자
허약한 내 언덕은 바람이 잦아
이 기슭 바람결에 흔들린다
그대 겨울도 시렸겠지만
'당신을 따르겠습니다' 란 꽃말로
명치끝 그렁그렁 상처를 지운다

한나절 이 봄 언저리
홍조 짙은 그대 얼굴,
다가갈수록 더욱 수그러져
뎅그렁 서운암 풍경 소리
내 발길 멎는다

4월 배달부

누가 이 많은 꽃을 부려놓았나
바람택배기사는 신호대기도 없이
4월 내내 과속이다
딱히 수신자 없이도
정확한 날짜에 배달되는 꽃들,

흐름을 멈춘 선암호수공원
은빛 거울을 펼쳐 들고
투영된 모든 것들을 튀겨 버리는지
속내까지 까집어 피워내고 있다

누구의 화사한 눈물인가
무작정 배달된 수취 불능의 낙화,
두둥실 정처 없는 내 마음처럼
호수 위로 떠돌고 있다

밤송이

한때 만삭 아내의 배에 귀대고
아이와 대화를 하곤 했지만
툭툭, 보드라운 뱃가죽이
갈라 터진 줄 몰랐다
아내의 상처는 보지 못했다

지난봄, 이 산기슭
페로몬 냄새가 진동할 때부터
지천의 밤꽃이라고만 생각했는데
가을 산길, 부풀 대로 부푼 밤송이,
툭 툭 갈라지는 소리가 예사롭지 않다
아내 갈라지는 뱃가죽 소리다

청솔모가 산파를 담당했겠지만
산은 그 소리를 듣지 못했을 것이다

제 **3** 부
폭염사용설명서

울릉도

언제부턴가 내 속을
둥둥 떠다니는 섬 하나 있어
지중해보다 진한 빛으로
내 늑골 한 모서리,
울렁증 뱃멀미로 닻을 내린 섬
한반도 아침을 맨 먼저 열어온 섬
저동항 촛대바위 애달픈 전설도
층암단애 병풍 펼친 도동항 해안로도
250만 년 용암이 던진 화두일진데
시리도록 투명한 해안길에서
하얀 포말의 물음표에 서성이네
성인봉 저 건너 잡힐 듯 고독한 섬
독도는 지척인데
나리 분지 너와집 삼나물 한 젓가락
컬컬한 껍데기술 한잔이 켜여서
떨칠수록 파고드는 파도처럼
단단한 물의 끈으로 이어진
우리네 핏줄이어서

폭염사용설명서

생체의 휘발성이 높아지는 날씨,
체온의 수은주는 삼투압현상으로
배냇골 파레소 계곡으로 이동되었다
나무와 사람의 구분이 모호해지는 곳,
묽어지는 것은 사람뿐만 아니다
사람주나무도 꼿꼿이 선채 묽다
사슴뿔노각나무는 틈새로 스며든
햇살을 사정없이 들이받자
하늘을 모조리 차지한 층층나무
내 몸을 더듬으며 꿈속으로 데려갔다
쇠코뜨래 나뭇가지가 주둥이를 쑥 내밀자
풍덩, 소이까리 풀어놓고 멱을 감던 아이,
무서운 아버지 물푸레나무에 혼비백산했다
배가 고파 국수나무를 후루룩 들이키자
잠시 무상의 바람이 단잠을 깨웠다
서둘러 신발을 갈아 신고
신갈나무 오솔길을 빠져나왔지만
바깥은 다릅나무처럼 여전히 뜨거웠다

폭염사용설명서를 읽는다
심폐소생술 마친 사람주나무는
층층나무 곁으로 속히 이동시킬 것,
난청이 된 이 계곡,
말매미 울대를 조심스럽게 비틀 것

석남사 계곡

오늘도 폭염경고,
이 계곡까지 등 떠밀렸다
발목을 감싸는 청량한 물소리,
가지산 자락에서 선방을 지나
반야교 아래로 흘러가면
이 물도 득도할 수 있을까

삶이 윤회라면 대웅전 앞마당
다보탑을 맴도는 사람들,
얼마나 돌아야 육도를 벗어나랴
단의로 가려진 까까머리
저 비구니도 속세를 벗었을까
대웅전 뒤뜰 능소화,
비구니보다 먼저 해탈한 듯 해맑다
누가 쌓았나 층층 돌탑,
간절한 기도로 쌓은 저 돌 위로
고된 삶 식혀주는 바람 한 점
오늘 내 발등 물이끼 끼겠다

가을의 필사

가을이 쓴 필적은 갈색이다
가을의 생각은 낙엽처럼 분분하다
얼굴을 베낀 햇살은 가볍고
입술에 닿은 말들은 허무하다
낙엽이란 단어가 눈가에 날아들 때면
괜스레 내 눈길 바람에 베이고
길목마다 성급하게 바싹거린다
사슴보다 순한 가을빛 눈망울 하나
잠 못 이뤄 드러누운 날도 그 탓이리라
가을에 한 말들은 쉬 바래고
가을에 만난 얼굴은 쉬 떠나간다
짙은 색조에 흐트러진 웃음들
벌레 파먹듯 가을의 약속은 믿지 않는다
툭 알맹이 빠져나간 밤송이
이 가을 가면 그뿐,
눈가엔 내 모를 길이 나고
머리카락 사이로 새들이 스며든다
두더지처럼 돋아나는 우울증
내가 낯설어지는 계절이 밉다

가을 문장

가을 문장은 더 높은 성층운체다
파란 하늘이 부사로 펼쳐지고
구름 한 조각 수사로 따라 붙는다

어디서 날아왔는지
동사로 떠돌던 빨간 고추잠자리
추억 한 자락 추상명사로 떠돈다
콩콩 산길로 찍은 오목눈이 새
해거름 따라 발걸음 더 바빠진다
오솔길 걷는 내 발자국이 주어라면
나의 서술어는 어디쯤 오고 있을까
산길은 곰솔처럼 제 속으로 내포할 때
팔랑팔랑 의태어로 아귀 풀린 낙엽들
계절은 그렇게 가고 또 온다

가을빛에 숙성된 문장들,
한 계절 잘 익혀 감칠맛 나려나

가을 묵시록

가을, 하고 외치면 울컥,
선홍빛 질감이 목구멍에 차오른다

아귀 풀린 찰나가 자유라면
현기증 나는 저 허공은 해방구인가
누구의 가슴 헤집고 떠나는지
지천에 터치하다 만 서툰 화장이며
누구를 입혔다 벗어버린 색감인지
허공을 잇댄 바람 소리가 난다
어느 갈바람이 뱉은 약속인지
하늘 땅 만큼 사랑한다는 말
허공은 처음부터 공허했고
밤새 아파하던 명치끝도
갈바람은 시치미를 뚝 떼고 지나쳤다
안절부절 갈바람 수기도
지병처럼 되살아나는 갈색 문장도
흩어지는 바람의 불시착인가
찻집 한 모퉁이에 떠돌던 바람
한때 방황하던 가을의 묵시록이다

겨울 폭포

떨어지다 굳어버린
물의 속살을 만져본다
계곡에 붙박인 물의 심장이 차다
온몸이 부서져야,
고래고래 소리질러야
살아남는 줄 알던 폭포
지축을 흔들던 흐름도
무지갯빛 제 모습도 내려놓고
덕지덕지 고드름을 달고
웅크린 채 동면에 들었다
빙벽을 타고 오르던 바람, 그 사이로
쇠박새 한 마리 총총 오르고 있다
이제 거슬러도 좋을 날들을 생각한다
하류로 갈수록 쏜살같은
나의 물살에 대하여,
거스를 나의 폭포는 어디 있는지,
난청이 된 계곡의 하늘을 올려다본다
한결같이 만세를 부르고 서 있는 나무들

폭포 같은 함성을 지르고 있다
눈부신 무지개가 아니어도 좋다
폭포 같은 함성이 아니어도 좋다
굳어버린 속살이 녹아내릴 때
속절없이 냉가슴 쓸어내릴 때
내 심장, 저 고요한 흐름에
닿을 수 있으리라

바람의 경전

무채색 겨울산에 들어서면
한그루 순례자가 된다

색감도 낙엽도 떨쳐버린 채 기도하듯
칼바람 죽비에도 꿈쩍 않고
합장 고행 중인 굴참나무를 마주하면
부처의 다비식에 참여했던 기억인가
서릿발같이 휘둘렸던
지난 일들이 꿈틀거리고 일어난다

각각 제 음절을 가진 나뭇잎들
사각거리는 악보를 밟으면
시상에 군불인 듯 탄내가 난다
어디로 가려는가 이 산의 나무들,
부처님 가부좌처럼 불쑥 길 위로
무릎을 내밀고 가는 길을 묻는다
종일 세로쓰기하고 있는 청솔모,
탁탁 나무 갈피에 바람의 경전을

필사하고 있는 딱따구리,
이 길 걷는 내 그림자 쪼아대지만
지난봄 마주친 기억은 하지 못한다

누구 온다는 소식일까, 까치 한 마리
이 모두 새봄을 준비하는 몸짓이기에
칼칼한 공깃밥 한 쟁반 마련하여
서둘러 보시를 해야겠다

겨울 포구

쪽빛 거울 앞에 앉아
고운 머릿결 빗고 앉은 누이처럼
잔잔한 기다림이 있는 곳
옷깃 속을 파고드는 비릿한 입김
잔물결로 반기는 흔적,
질척거린 내 발길 끌어당긴다
떠나보낸 뒤 아쉬워하고
기다림에 익숙한 정자항
바람같이 찾은 나를 품어준다
저 건너 빤한 불빛 하나
조각조각 거울 위로 부스러지면
부두에 묶인 채 삐걱거리며
잠들지 못한 고단한 배처럼
내 발길 떨어지지 않는다

문수사 겨울

동짓날 이른 새벽
동자승 눈 비비며
정한수 뜨러 나왔다

호호호, 얼음을 떼어내고
옹달샘을 내려 본다
바닥에 동그란 동전,
팥죽의 하얀 새알을 닮았다가
동글동글 동자승 닮았다가
달콤한 사탕이 떠올랐을 무렵
철~썩 어깻죽지 내려치는 죽비,

무서운 주지 스님
뒤통수를 닮았다

7번 국도

생이 여행이라면 내 여정
7번 국도 위의 나그네다

한반도 동으로 이어진 길,
눈을 감아도 눈을 떠도
마음의 지도가 그려지고
영혼의 파도가 출렁이는 길,
바다와 육지의 경계
이 해안으로 해 뜨고
이 길 위로 꿈을 꾸는 곳,
파도로 꺾인 허리춤 아래
근심마저 부서지는 해안선을 따라
진부한 일상은 썰물처럼 밀려가고
복원력은 밀물로 일어나는 곳

7번의 병목현상 이 어디쯤,
계절마다 다른 속도로 달려도
7번 막장을 뚫지 못했다

허리 잘린 한반도 등줄기,
7번 경추에 철심을 박은 듯
더 이상 허리를 펴지 못한다
부산 남포동에서 함경도 온성까지
7번 국도 종주를 꿈꾼다

서포 가는 길

섬의 품에 안긴 섬도 고독증 앓을 때 있다
유배의 섬 노도, 내 가슴도 비에 젖었다
누가 돌아오지 못할 천극의 형벌을 내렸는가
아직 사면되지 않은 한 청빈의 집을 지키는 잡초가
빗장을 열어 맞이했다
나의 유배는 불과 반나절, 5분 뱃길인데
벼리듯 남해 건너 이 섬에 당도한 서포 김만중
지척이 천 리보다 아득했으리라
집 아래 낚시터엔 허허로운 이끼가 자라고
텅 빈 방엔 사씨남정기 시퍼런 필적이 서려있다
집 뒤 상형문자로 드러누운 가묘 앞에서
부귀영화도 한 자락 꿈이라던 구운몽,
제 운명을 읽었다는 듯 말줄임표로 다가왔다

노도 빠져나오는 길,
배말뚝에 붙박인 그의 영혼
비에 젖은 뱃머리를 붙잡고 있다

슬도

저 멀리 대왕암을 배경으로
고래 등 타고 달이 떠오르면
푸른 달빛 너머로 별똥별이 떨어지고
푸후후 고래음 소리가 나곤 하지

거친 바다 숨소리도 잦아들고
갈매기도 쉬어가는 외딴섬 무인도,
등대만 우두커니 목 빼고 서 있어
누구의 사연인가 음각 한 소절
가까운 듯 먼 듯 건네지 못한 마음,
바위섬 작은 틈새로 잦아들 때면
잔잔한 물결 되어 가슴까지 치밀어

별똥별 모여 있는 어둠의 사막,
해조음 갈피 따라 옹알옹알
고래의 꿈도 자라겠지

톤레삽 아이들

아직도 뭍에 닿지 못한 꿈,
그들 닻,
정녕 내릴 곳 없는 것일까

누가 이들의 삶 싱겁다고 말하랴
출렁임 속에 꽃이 피고
노를 저으며 꿈을 꾸는 아이들
캄보디아 킬링필드 자식들이다
카누에 몸을 싣고 그들의 놀이터를 돌며
컵라면 옷가지를 던져주지만
그들의 또 다른 침입자일 뿐
출렁이며 살아가는 물 마을을 경유하면서
어느덧 난 보트피플이 되어버렸다
수상가옥은 그들의 고향일진데
몇의 단어로도 메울 수 없는 여울목에서
아직도 정박하지 못한 내 마음의 수로를 타고
여기까지 떠 내려왔다
허기지고 걸칠 것 없던

내 유년의 강어귀도 저 어디쯤,
이 강가 맹그로브 나무처럼
온갖 탁류에도 젖지 않는 아이들 보며
아직도 닿지 못한 내 꿈을 응원하고 있다

* 톤레샵 : 캄보디아 거대 호수, 황톳물 싱거운 강물

불법 출국

내 여권을 품고 고요히 공항을 통과하셨다
평생 해외여행 한번 못하신 아버지,
비자 사진을 뒤지다 아버지를 발견했다
근엄한 얼굴로 며느리와 아들 속에 섞여 있다
그래서 가끔 꿈속에 드나드셨나 보다
4×5 사진 속에서 전생의 비자를 꿈꾸셨나 보다
일곱 끈 붙이려 잠시도 맘 놓을 수 없었을
깡마른 표정이 안 서럽다
씨엠립 앙코르왓트 혓바닥이 꼬이고
낯설어도 따라가고 싶은 모양이다
비행기를 타 보고 싶은 모양이다
가끔 자식 맞이에 설레기만 했던 명절날
올해는 증명사진 한 장 품고 캄보디아로
따라가기로 작심하신 모양이다
한겨울인데 풍성한 무논을 보고
농번기 못자리 생각이 나신 걸까
좀처럼 얼굴을 펴지 않으셨다
오늘 밤 꿈엔
아버지 환한 얼굴을 만날 수 있으리라

남이섬

청평 두물머리 고요한 호수
한편 시로 앉은 섬,
겨울연가 어찌 봄의 일인 듯
내 가슴 이리 뛴단 말인가
눈 위의 연인들 발자국 따라
이 봄 꽃잎 위로 걷는다
남이섬은 사람보다 나무들이
앞서 직립보행을 한다
메타스콰이어 역광이 빚은 자태
어느 바람에 부풀었는지
봄볕도 흉내내지 못하겠다
마셔도 취하지 않는 잣 술처럼
모두의 표정이 연둣빛이다
양평 막국수 한 수저로
내 하루가 풍만해진다
겨울연가 심연이 남아있는지
심장이 가빠지는 이 섬,
첫사랑 한순간 스쳐 가고 있다

영월별곡

누가 이 길을 다녀갔나
가을빛 서러워 더 휘어진
영월 노루목
산 높아 새소리 더 구슬프고
전답 척박하여
허리띠 졸라매던 이 길
구름처럼 지나치던 김삿갓
하룻밤 잠자리도 녹록하지 않았구나
매죽루 소쩍새 소리 여전하고
보덕사 종소리 아직 은은한데
애달픈 단종의 자규시 한 자락
귓전에 아련하다
어쩌랴,
울고 건넜던 청령포 물길
밤새도록 내 가슴을 출렁이는데

황소

화폭을 들이받고 뛰쳐나온
황소의 고삐를 낚아채지 못했다

유년에 날렵하던 소몰이 실력,
이제 무뎌진 탓인가
화난 듯 내민 주둥이는 분명
여물이 고프거나
암소를 본 것이 분명하다
미술관 벽에서 오래 굶은 탓인가
자꾸만 지천의 풀섶에 눈이 간다
이중섭도 그랬을까

내 배 쪼로록 소리가 나도 아침마다
가득 퍼다 준 여물 냄새가 아직
내 몸에 베어 있어서 일까
그땐 귀하디귀한 바래기 토끼풀
지천에 널려도 한 술 넣어주지 못한
내 팔이 자꾸만 미안하다

길 떠나는 가족

소달구지 한가득 끌며
덜컹덜컹 어디로 가려는가 이중섭,
두 아이와 아내 마사코를 태우고
덩실덩실 춤추며 가고픈 남쪽 나라
그 어디 메뇨,

고향 원산을 등지고 한때,
제주도 부산으로 피난살이 하면서
아이들과 갯바위 게를 잡던 추억,
명치끝을 아프게 집고 있다
어떻게 가야 아이를 만나 놀아 주고
못내 애달픈 아내의 눈물 닦아 줄까
길 떠나는 가족은 저리도 즐거운데
화난 황소처럼 뜨거운 그대 가슴
어떻게 달랠 수 있단 말인가
꿈속에서도 보고픈 가족,
현해탄 너머로 주고받은 편지만
켜켜이 먼지로 쌓이고

담배 은박지에 그린 아이들 발가락
아련한 담배연기로 피어오를 뿐,

길 떠나는 가족 저리도 즐거운데
어두운 미술관에 붙박인 채
춤추며 끄는 소달구지 그대 꿈,
내 가슴 왜 이리 덜컹거리는가

별이 빛나는 밤에

호젓한 별밤을 거닙니다
그대가 바라본 밤하늘은 푸르고 빛나
내 눈 가없이 부풀어 눈부십니다
밤의 테라스에 앉은 그대를 상상합니다
수척한 얼굴과 빛나는 눈매
반 고흐 그대 갈증 내가 느낍니다
밤하늘을 향해 붓끝을 터치할 때
그대 푸른 눈길로 내 별이 번집니다
별 한 점 팽창하여 가슴 가득 메울 때
그제야 공복이 느껴지곤 합니다
그대 꿈 아득히 별빛으로 물들고
밤의 주점 프랑스 와인으로 흥청거릴 때면
그 흔한 와인 한 잔이 그대 목젖을 짓누릅니다
그대 별 밤에 초대된 내 발걸음
자꾸만 머뭇거려지는 이유입니다
그대 밤 더 이상 별이 지지 않고
붙잡을수록 흐려지는 정신은

선명한 색감 밖으로 멀어집니다
이 밤, 내 영혼의 별도 환하게 저뭅니다

고흐의 독백

아를의 밀밭으로 흩어지는 색감 잃은 적 있어
목사가 꿈이던 시절,
탄광의 검뎅이 찌든 얼굴을 데생하고 말았지
영혼을 속박하는 신교의 두려움 떨치려
이젤을 메고 꿈속의 풍경 속을 헤매곤 했지
동생 태오가 부쳐준 생활비는 허기 면하기 어렵지만
이젤 앞에 서면 이스트처럼 부풀어 오르는 뭉게구름,
밀밭에 쏟아지는 햇살만큼 포만감을 주지
하루 한 끼 무료급식소로 소화 기능이 원만치 않아도
결핍 저 끝에 예술이 있기에 가슴 한없이 뜨겁기만 하지
간혹 프랑스 남부의 흔한 와인에 취해보는 게 꿈이지만
사랑도 와인도 그림도 아직 빛을 보지 않아
아를의 밀밭이나 초상화를 그리다 보면
가장 농촌답거나 창녀다운 표정이 눈에 뜨이지
그림이 판매상에 끌리지 않는다니 어쩌겠니
얼마나 더 그려야 원하는 그림이 나올까
잘 팔리는 그림보다 만족하는 그림을 그리고 싶을 뿐,
얼마 전 동료 고갱과 다투며 한쪽 귀를 도려 버렸지

정신의 환란은 그림만큼 끈질기고 허기는 색감보다 진하지
그러다 어둠의 들녘에 까마귀 떼가 캔버스를 흐트려 놓았지
꿈속에 그리던 아를의 밀밭 추수도 끝나가는 것일까
정신병동 풍경은 발작으로 붓 터치가 힘들고
동생 태오에게 보낼 그림도 편지도 흐릿해졌지
아를의 들판을 향해 방아쇠를 당기면
그 흔한 공복도 사라지겠지
환란으로 어지럽던 정신도 맑아지겠지

신발 한 켤레

산골에서 자란 내 유년의 발,
한 번도 새 신을 신겨본 기억이 없다
싸구려 농구화 바닥이 드러나고
발가락이 뾰족하게 보일 때까지
학교로 들일로 끌고 끌리며 다녔다

반 고흐 '신발 한 켤레'
내 유년의 신발을 상상합니다
한 켤레의 연민과 한 켤레의 고뇌가
화폭 위에 가지런합니다
해진 신발은 지친 몸을 이끌고
하루의 끝에서 고요의 휴식에 듭니다
고흐 그대 빼닮은 고단한 신발 속은
갈증의 여백으로 환합니다
아무도 봐주지 않는 쪼그라진 신발
얼마나 닳아야 닿을 수 있을까요
붓끝으로도 닿을 수 없던 꿈,
저 신발이 대신하였을지 모르지요

땀 젖고 공복마저 느낄 수 없을 때
횡한 바람 한 점 신발에 고이고
공허한 화두만 내게 와 툭툭 끊깁니다
풍성한 아를의 밀밭 저 끝까지
그대 껴안고 먼 길 떠날 한 켤레
한정된 시간에 붙박인 듯
내 발에 꽉 끼입니다
반 고흐, 그대 지친 발걸음 터벅터벅
내 가슴 위로 바람처럼 스쳐 지나갑니다

마찻길

길 아래 길은 꿈길로 이어져 있다
경주 박물관 지하로 통과한 신작로길,
통일신라로 이어진 마찻길이다
울퉁불퉁한 바퀴로 이어진 길의 주술은
아직도 수수께끼처럼 외고 있다
아득한 먼지 길을 따라가다 보면
천년 너머의 함성이 들리고
흙먼지 뒤집어쓴 한 무리 군사
말발굽 소리를 내며 이 박물관에 멈춘다
훤칠한 갑옷과 창칼, 말안장을 봐선
전쟁에서 승리한 개선장군 위용이다
놀란 가슴으로 그들이 벗어놓은 창과
갑옷을 만지자 천년이 부스러진다
흥망성쇠로 점철된 신라의 길
그 길옆으로 왕릉이 서고
황금빛 왕관도 벗어놓은 채였다
핏빛 영광의 길 위에 서 있는 동안
아직도 한반도 통일은 요원한데

한 시대의 중심에서
세상의 변방으로 묻힌 낯선 마찻길,
내 가슴 위로 덜컹거리며 지나간다

환생의 서

이집트 나일강은 신들이 드나드는 문이다
이 문을 통해 왕국은 탄생하고 사후의 세계가 열린다
사자의 서가 당도했다는 소식, 박물관에서 접했다
이 주문을 아는 이는 내세에 영원을 얻는다는 메시지를
토티르테스는 자신의 미라에 잘 간직해 왔다
이천 칠백년의 깊은 잠, 누가 그를 깨웠던가
이곳 지상의 세계를 찾아오기까지 그의 심장은
깃털보다 무겁지 않아 신의 관문을 통과하였을 것이다
아누비스의 보호를 받으며 신에 대한 찬가와 영원불멸의
노래를 기록한 오리시스의 말이 그에게 전해졌을 것이다
영원한 사후세계의 염원은 이승에 당도하고부터 접어야 했다
어쩌면 환생을 향한 일탈일지도 모른다
육체 카, 정신세계 바, 그 영혼의 실수로
이승에 잘못 발을 디뎠을 것이다
심장 스카라브에 새겨놓은 사후세계 부적도
나일강 유역을 벗어나면서부터 그의 오랜 꿈은 깨어졌다
아니 꿈이 바뀌었는지 모를 일이다
태양신은 그의 환생을 맞아주지 않았고

아누비스는 더 이상 그의 수호자 역할을 떠맡지 않았다
자신의 모습을 들여다보던 이시스 여신의 애도도
육신 위로 맴돌던 토티르테스 바의 새도 나일강 쪽으로
날아가 버렸는지 보이지 않았다
그는 분명 사자의 서를 잘 못 읽었거나
환생의 서로 고쳐 읽은 것이 분명하다

지적인 일기

난 친구라곤 하나 없다
학교는 무거운 중력에 속해 있었고
반 아이들은 나를 바보라고 불렀다
등굣길이 마법의 성같이 두렵고
교실은 송곳처럼 아프다
둘이 사용하는 책상의 경계는 불투명하여
짝지는 내 영역 절반까지 침투해서 사용했다
같은 반 여학생들은 날 왕따시키고
두더지 잡듯 스트레스 해소제로 사용했다
대들고 싶지만 내 말은 혀 속에 갇혀
우물거릴 뿐 나를 대변해주지 못했다
엄마는 말해 주지 않았다
정신은 더 이상 성장하지 못하고
자음 모음이 혀 속에서 꼬여버리는지를
반 아이도 선생님도 모두 밉고 두려워
몸이 무기처럼 딱딱해 갔다
울분은 물먹은 하마처럼 울컥 삼켰고
하마 뱃속에서 우는 소리는 좀처럼

지상에 전달이 되지 않았다
날 괴롭힌 아이들,
스물여섯 아직도 하마 뱃속에서
더 이상 자라지 못하고 있다
내 대기권 날씨는 대답처럼 우물거리고
물먹은 하마처럼 축축하다
오늘도 두더지처럼 일어나는 그때 반 애들,
일기장에 불러들여 콩콩 찧고 있다

청맹

그들에게 길이란 모험이고 상처다
요철로 읽는 길은 온갖 음모가 도사리고 있다
둘은 같은 보폭을 가진 하나여서
얼마나 많은 도미노를 건드렸을까
탁탁 촉각을 곤두세운 남자의 하얀 안테나
가장 낮은 음절의 함정을 잡아내고 있지만
가끔의 오류가 아득한 낭떠러지로 내몰곤 한다
그 옆 딱정벌레같이 붙어 말이 없는 아내,
접착제처럼 떨어지는 일이 없다
사월의 해거름은 길쭉한 두 그림자를 끌고
수변공원 벚꽃 터널 쪽으로 방향을 틀었다
한 방울의 시각도 흐르지 못한 풍경이
그들의 둑 안으로 흘러 호수가 되었다면
오리 떼의 수신호도 접수하여
고이고 닫힌 것끼리 교신하고 있을 것이다
화사한 벚꽃길이 함정이었다, 꽈당
안테나 착신이 서툴렀는지 두 그림자 동시에
바닥에 고꾸라졌다 인도와 꽃길의 틈새다

4월의 하늘은 청맹과니였고
길바닥은 낙화처럼 난처하다
봄 햇살도 받아내기 난감한 찰나다
내 안에도 읽지 못한 요철이 있어
몇 번이나 넘어진 적 있다
생의 길목에서 난 얼마나 맹인이었던가
두 그림자를 일으키는 해거름,
착신 재가동을 작동하였는지
잠시 풀렸던 결합이 다시 복원되고
길쭉한 그림자를 다시
벚꽃 터널 쪽으로 방향을 잡았다
청맹한 눈에 비친 벚꽃 길,
그들에겐 어떤 풍경일까

지적인 문장

종무식 날 그에게 날아온 문자
'귀하는 미취업해당자입니다'
장애인일자리센터에서 날아온 한 문장,
새해부턴 집에 쉬라는 통보다
'샘미치업이게모예요.
새해도샘과근무하수이조
나머잘모하서요'
그의 발음만큼 어눌한 문자
'그래 너 잘못한 것 없어
여태 땀 흘리며 청소 잘 해왔어'
장애인복지관 환경미화 시간제 근무
4개월 만에 재취업 탈락이다
다른 장애인에게도
일할 기회를 줘야 한단다
'샘새해담주개속출근하도대조
나어떠게하야대요'
익숙한 걸레질이 꺾인다
지적 2급이 무너져 내린다

스물다섯 해만에 첫 취업 4개월
매월 꼬박 저축의 희망이 닫힌다
장애인 시간제 일자리가 아프다
그에게 더 이상 해 줄 말 찾지 못했다
새해 꿈 지워버린 한 문장,
장애인복지관에 못 박힌 신도
손쓸 수 없는 한 문장

혹성탈출

그는 매일 지상 탈출을 시도한다

특수학교를 마치면 증발하듯
이곳 수영장으로 온다
물이 자신을 수호한다고 믿고 있다
태어나면서 뇌병변의 혹성에 갇혔지만
이를 탈출할 방법을 물속에서 찾아낸 것이다
종일 그를 찔러대던 언어의 독침도
따가운 눈총의 화살도 부러트려 주는 힘
물속에 있다는 것을 알게 되었다

수영모에 파란 수경을 끼는 순간
푸른 동화의 나라로 이륙한다
수영장에 들어서면 쿵쿵 심장이 뛰고
온몸이 두둥실 떠오른다
모든 가벼움이 물 위에 있듯
모든 자유가 물속에 있다
누구 하나 놀아 줄 친구 없어도

같이 대화해 줄 아이 없어도
물은 언제나 변함없이 놀아 준다
언제부터 말을 잊었는지 알 수 없지만
그만 들을 수 있는 물의 소곤거림
혼잣말로 더 가벼워지고 있다
간혹 화가 치밀어 오를 땐 철썩,
주먹으로 때려도 못이긴 척 맞아준다
물을 솟구치는 돌고래가 되거나
첨벙첨벙 물 위로 다니는 소금쟁이가 되고
물의 샅바를 잡고 나뒹굴며 씨름도 한다

그는 지상의 모든 자유와 정의를 위해
오늘도 혹성탈출을 감행하고 있다

비상구가 없다

몸이 원수다
까마득한 절벽이 목 아래 있다
감각 잃은 몸뚱어리,
그의 손으로 만질 수 없는 피안이다
그에게 먼저 떠나간 것은 친구들이고
한때 사랑했던 여인이지만
그에게 찾아온 것은 도심 속 무인도이다
잘려버린 도마뱀 꼬리처럼
머리와 몸 사이는 생사의 간극만큼 멀다
깜빡이는 눈까풀만이 생의 신호등일 뿐,
모든 행성은 시야를 벗어나지 못하도록
시각 반경 내 가두어 놓았다
'몸이 좀 시원합니까' 물었다
저물녘 등대처럼 눈까풀이 깜빡거린다
모처럼의 목욕으로 등이 시원한 모양이다
허물 벗은 뱀처럼 몸의 짐 벗어버렸는지
연체동물 물컹한 감촉만 손끝에 전해온다
목 위로만 살아있는 식물성 인간,

그에게 자유나 고독이란 말은 사치다
누굴 탓하랴 살아있어 원수인 몸,
자신을 끈질기게 따라붙는 건 지긋한 욕창뿐
누구도 구원이 되지 못했다
한순간 바뀐 운명에 의아해할 뿐,
어두운 터널 어느 한순간을 기억한다
이 방에서 풍족한 건 시간뿐이다
시간의 기류가 그를 지배하는 동안
모든 저기압은 몸통의 등고선을 통과한다
저기압을 벗겨내고 마네킹처럼 옷을 입힌다
가끔 찾아오는 이동 목욕 차량의
자원봉사자 손길만이
세상 밖으로 나오는 유일한 출구다
그의 몸은 비상구가 없다

수화 아이

누가 허공에
유창한 말씀을 필사해두었나
꽃이 언어장애를 느끼지 않듯
그녀 손끝엔 화사한 말들이 피어나고 있다
바람의 말을 손으로 그려내고 있다
우주인의 은밀한 전파를 접선한 것일까
허공에 둥둥 떠도는 암호
조물조물 해독해내는 중이다
그녀에게 말이란 한갓 폐허에 불과하다
달팽이관에 말이 살지 않은지 오래,
말 보다 더 관능적인 동작의 언어
손끝으로 풀어내는 말들은 마술 같아서
중독성 있는 언어가 손바닥 안에서
'안녕하세요 반갑습니다'
나비처럼 팔랑팔랑 바람을 일으킨다
바람의 언어가 사뿐히 앉는다

일상과 시간의 육화가 빚은
새로운 도약

박 해 림

(시인 · 문학박사)

일상과 시간의 육화가 빚은
새로운 도약

박 해 림

(시인 · 문학박사)

시간은 누구에게나 주어지나 누구에게도 소유되지 않는다.
소유되었다고 여긴 순간 저만치 달아난다. 손에 쥐었으되 아무
것도 없는 바람과도 같다. 우리는 늘 시간 속에 머물러 있으며
시간과 함께 살아간다. 시간은 잡히지 않는다고 해서 내 것이
아니고 잡힌다고 해서 내 것일 수 없는 모순덩어리의 집합체다.
어쩌면 보이지도 않고 만져지지도 않기만 한 것이 아니라 어디
에고 머물 수 없는 속성 탓에 인식이 필요한지 모른다. 인식은
딱딱하지도 물렁거리지도 않는, 한없이 부드럽고 거칠며 예리

하고 모가 난 감각을 허락한다. 어느 한순간, 내 편이 되었다가 막무가내 적이 되기도 하는 시간. 변덕의 속성을 거침없이 휘두르는 이 시간을 어떡하면 좋단 말인가. 하지만 분명한 것은 내 것이라 여길 때 시간은 분명히 내 안에 존재한다는 것이다. 누구의 것도 아닌, 오직 내 것, 내 소유이다.

이미 건강하고 확실한, 존재자의 시간을 소유했던 이성웅 시인의 시간은 이전과 이후의 시간으로 나뉜다. 오래 근무했던 직장을 퇴직하면서 새로운 시간의 도래에 능동적 인식으로 대처하였으나 미처 껴안기도 전에 달아난 시간을 무연히 바라보는가 하면, 밀물처럼 떠밀려온 새로운 시간을 어떻게 만나야 하는지, 어떻게 내 것으로 만들어야 하는지 이 시집은 구체적으로 보여준다. 오랜 고민 끝에 수직과 수평의 시간을 견뎌낸 시인의 시간은 다양한 탈바꿈을 꿈꾼다. 이전의 시간은 이미 저만치 멀어졌다. 내 안에서 자란 시간과 내 앞에서 새롭게 성장한 시간은 또 어떤 모습인지 시인은 굳이 궁금해하지 않는다. 이미 내게 당도한 변화를 아무 거리낌 없이 수용한다. 내게 새롭게 온 시간, 그것은 지금 내가 원하는 시간이며, 이 순간 내가 사랑하는 시간이 될 것이기 때문이다.

1.

이번 시집은 크게 네 가지의 성격을 보여준다. 제1부는 일상의 시, 제2부에선 계절의 시, 제3부에서 여행과 그에 따른 감상과 성찰의 시이며, 마지막 제4부에선 장애우에 관한 시이다. 각각의 시는 시인의 삶을 관통한 은퇴 이전의 시와 이후의 시로 나뉘면서 상호 연관을 갖는다. 각각의 시편들이 다르게 묶였지만 서로 긴밀히 엮여있기 때문이다. 그래서 딱히 이전의 시라고 할 수 없거나 딱히 이후의 시라고 할 필요가 없다. 평생을 직장에 매여 살면서 생계를 책임지고 한편으로는 자아완성을 위한 시인의 종종걸음과 잰걸음 그리고 보폭 큰 걸음을 시편에서 어렵지 않게 만날 수 있다.

시인의 현재적 일상은 도서관이라는 공간으로부터 시작된다. 그 공간은 직장이라는 공간과는 매우 판이한 곳이며 시간 또한 변별된다.

가끔 삶이 건조하거나
오랜 경전같이 머리가 무거울 땐
이 도서관에 들린다

사각사각 나뭇잎 갈아 먹는 소리
서술로 풀려있는 낡은 문장들,

발밑에 물 흐르는 소리가 난다
마르지 않는 밀림의 샘이
삭막한 이 도시로 흐르다니…
(중략)
그들의 낯선 밀림을 배회하다 보면
어렴풋이 책 사이로 길이 열린다
똑똑한 수사들로 채워져 있는 숲
누구든 이들의 내력을 펼쳐주기만 하면 된다
수많은 땀과 지문으로 자라난 밀림,
모든 영감이 바람으로 되기까지
모든 문장이 길이 되기까지
이 숲에 묻힌 이름들을 불러내야 한다
건조한 영혼에 물길을 내줘야 한다

　　　　　　　　　　　　　　　　—「도서관 산책」 부분

　시인은 일상에서 '가끔 삶이 건조하거나/ 오랜 경전같이 머리가 무거울 때'라는 한정된 상황에서 일상의 단면을 매우 적나라하게 보여준다. 도서관은 누구든 들를 수 있는, 이용할 수 있는 이들이 특별히 생계를 위해 애쓰지 않아도 되는 곳이며, 필요에 따라 생계에 직접적 도움을 주는 자료검색도 할 수 있는 곳이다. 이 공간은 지적 충만과 함께 시인을 사유의 공간에 안착하게 하는 에너지로 넘친다. 장서에 진열된 책에서 나는

'사각사각 나뭇잎 갉아 먹는 소리/ 서술로 풀려있는 낡은 문장들,/ 발밑에 물 흐르는 소리가 난다/ 마르지 않는 밀림의 샘이/ 삭막한 이 도시로 흐르다니…'의 이미지가 갖는 상상력의 힘은 시인의 내면에 장착되어 '아마존의 새떼처럼 자유로이 날기 위해/ 잠시 정박해' 있기도 하며, '낯선 밀림을 배회'하며 '책 사이로 길이 열리'는 것을 본다. 시인의 행보는 여기서 멈추지 않는다. '누구든 이들의 내력을 펼쳐주기만 하면' '수많은 땀과 지문'으로 밀림이 자라고 영감이 바람이 되며 '모든 문장이 길'이 되는 것을 알고 있다. 또한 '이 숲에 묻혀진 이름들을 불러내야 한다/ 건조한 영혼에 물길을 내줘야 한다'라고 외친다. 시인은 가끔 삶이 건조하거나 머리가 무거울 때 도서관에 들른다고 했지만 분주하고 틈이 없었던 이전의 시간을 보내고 현재의 시간에 이른 이즈음, 비로소 '나의 시간'을 만났음을 고백하는 것이리라.

오동나무 꽃 피면
내 꿈도 다시 피어나려나
울림통에서 유년 한때의 휘파람 소리가 났다
누구 한 사람 공명한 적 없던 내 노래,

반올림 #보다

반 내림 b이 더 좋을 때도 있다
자꾸만 되돌아 보이던 되돌이표
기타교실 악보 속에 있는 줄 몰랐다
잘 짜인 곡의 노래를 부르고 싶어
클래식 기타를 장만했다
지나온 삶 그리 클래식하지 못했다
서툰 가사에 굴곡진 내 곡조,
코드가 맞지 않은 노래도 불러야 했고
쉼표에도 제대로 쉬어주지 못했다
퉁~하며 끊어진 기타 줄처럼
둔탁한 파열음으로 드러눕기도 했다
한 소절 뒤늦은 꿈,

딱딱한 음절이 손끝으로 빠져나갔다
낯설은 악보는 울림통에서 쉰 소리를 냈다
클래식하게 한번 살아 볼 결심으로
튜너로 줄을 팽팽하게 조율했지만
노래는 갈라지고 손끝에 물집이 잡혔다
'옛 시인의 노래' 한 소절로 가름할 수 없어
'꿈의 대화'로 꿈같은 삶을 그려본다
꿈에 부풀거나 멍들었던 한 생이 비로소
아르페지오 한 소절로 건건히 전해왔다
손끝으로 클래식 기타를 튕기며

지난 삶의 무늬를 지워낸다

언제 한번 반짝거릴 날 기대하며

― 「클래식 25시」 전문

시간은 많은 것을 쓰러뜨리며 일으켜 세운다. 「클래식 25시」는 그 시간을 관통한 시인의 현재의 일상을 보여준다. 그가 껴안은 것은 어쩌면 일상이 아닌지 모른다. 지난 시간이거나 미래이기도 하다. '오동나무 꽃 피면/ 내 꿈도 다시 피어나려나'에서 미래의 시간을 꿈꾸다가 '누구 한 사람 공명한 적 없던 내 노래'에서 지난 시간의 자아를 확인한다. 그것은 현재 자신에게 주어진 삶의 무게를 가늠하는 것이 된다. '반올림 #보다/ 반내림 b이 더 좋을 때도 있다/ 자꾸만 되돌아 보이던 되돌이표/ 기타교실 악보 속에 있는 줄 몰랐다'에서 확인된 기타교실에서의 시인의 행보는 이전의 시간이 지나간 줄 알았는데 현재 내 앞에 머물러 있다. '기타교실 악보'를 통해 확인된 시인의 현재는 '지나온 삶'과 '현재의 삶' 그리고 미래의 자아가 각각 따로 놓인 것이 아니라 서로 껴안고 있으며 '클래식하게' 살아가기를 꿈꾼다. 비록 손끝이 물집이 잡히고 목소리가 갈라지더라도 기어이 '지난 삶의 무늬'를 지우기로 한 것이다. '언제 한번 반짝거릴 날' 그 날을 기대하면서 말이다. 아래의 시 역시 '지움'을 위한 시이다.

새로울 것 없는 일상들
다시 거듭나려 터널 앞에 섰다
얼룩진 무늬를 지우기 위해서다

애초 변곡점 많았던 지나온 길
후줄근히 물세례라도 맞아야
다시 시작할 것 같다
자성의 시간 속으로 진입하려면
부풀던 속도의 관성을 접고
기어를 중립에 놓아야 한다
거듭난다는 건 중립을 지킨다는 건
또 다른 시각이 필요한지도 몰라
백미러를 닫고 자정에 든다
(중략)
운전대만 잡으면 성급하던 전방,
어느덧 파란 신호등이 켜지고
오늘 다시, 상쾌해도 좋다는 신호다
세차 후 비 내리던 머피의 법칙도
오늘은 만나지 않을 듯싶다

—「자정에 들다」부분

일상이 새로울 수도 있고 그렇지 않을 수 있다는 것은 익히

아는 일이나 시인은 새삼 '새로울 것 없는 일상들'이라는 표현을 쓴다. 의도적이며 자조적이다. 겨울 앞에 마주한 자아, 변화를 꿈꾸며 이전의 삶에서 벗어나야 한다는 강박의 감정까지 느끼게 한다. '운전대만 잡으면 성급하던 전방,/ 어느덧 파란 신호등이 켜지고/ 오늘, 다시, 상쾌해도 좋다는 신호'를 확인하면서 한결 안정된 호흡을 가다듬는다. 시인의 우려는 늘 '세차 후 비 내리던 머피의 법칙' 같은 것인지 모른다. 그러나 '자성의 시간 속으로 진입'하기 위해 '거듭나기' 위해 '기어를 중립'에 놓고 '차창 밖 물세례가 진행되는 동안/ 두 눈을 감고 암묵의 시간'에 들며 다독인다. 일면 세차하면서 일어난 일련의 행위들은 매우 자연스런 감성의 발로일 수 있겠지만 시인은 안주하지 않는다. 스스로 내면 깊숙이 스며들어 '자정自淨'의 시간을 건져낸다. '차창 밖 물세례가 진행되는 동안/ 두 눈을 감고 암묵의 시간'에 들면서 지난 시간을 건너 현재의 시간에 이른다.

「신의 한 수」의 '제2의 시작,/ 늦은 감 있지만 새판을 구상한다/ 단순한 포석으로 행마를 시작하고/ 실리를 챙겨 승산 있는 한판을 상상한다'에서, '길이 끝나가는 길 위에/ 내가 서 있다// 잠시도 여유 없이 걸어왔던 이 길/ 뒤돌아보면 신기루처럼 아득하다…길의 레시피를 다시 짜야 할 시간…길이 끝나는 길 위에 서성이다/ 모래시계를 뒤집는다 퇴직의 날,/ 땀 흘리며 나눈 동료 얼굴 등지고/ 순례자의 길로 들어선다'처럼「길」에서 이전의 시간을 갈무리하는 모습을 보이며 일상의 본격적인 변화를 예고하고 있다.

2.

이성웅 시인의 정신적 자양은 그 어떤 것보다 허기에서 비롯된다. '경제' 라는 세련된 용어 이전의 삶은 그냥 '살이' 였다. 이 땅의 민초들이 그랬던 하루하루 살이에 급급했던 시절은 오직 먹고 살아야 하므로 직장에서 집으로, 다시 집에서 직장으로 반복할 수밖에 없는, 한눈팔 수 없는 날들이었다. 시인의 시적 자양은 당연히 지난한 토양에서 잉태되었고 숙성하였다. 몸이 아파도, 한눈팔고 싶어도 그러지 못했다. 쉬지 않고 달려야 했으므로. 쉬지 않고 앞만 보고 살아야만 했으므로 한숨조차 쉬는 것도 사치였을 것이다. 아버지가, 어머니가 그러했듯 발아래 바닥이 삶의 좌표였다. 그러나 이 얼마나 다행한 일인가. 시인의 시적 자양은 삶이 고단할수록 해풍을 맞고 더욱 견고할수록 자신을 돌아보는 시간이 많을수록 풍부하게 생성된다. 그의 시의 면면들에서 그것을 확인할 수 있다.

해마다 이맘때쯤이면

투박한 경상도 언어도
입속에서 풍화작용을 일으키지
쌀쌀한 날씨가 살살해지고
싸리문이 사리문으로 열리면
귀한 쌀밥은 어김없이 살밥이 되지
추수가 끝나자 누나는 밤마실로
쌀뒤주를 뒤지는 살도둑이 되었고
겨울이 채 가기도 전에 내 도시락은
까만 꽁보리밥으로 채워졌지
살가웠던 엄마는 더 쌀가워지고
쌀쌀한 늦겨울은 더 시려 살살했지
아침마다 책보를 메고 내미는 일곱 손
아버지 얼굴은 쌀가마보다 먼저 쪼그라들고
속내는 보리쌀보다 까맣게 타 들어가
우리집 보릿고개는 더 빨리 찾아왔지
지금도 찬바람 불 때면 밥상머리엔
어머니 한숨 섞인 살 냄새가 피어오르지

— 「살」 전문

    다소 해학적인 「살」은 시인의 것이기보다 그 시절을 살아낸
많은 사람의 것일 테다. 전 국토가 보릿고개를 넘어가던 시절이
었으나 들과 논이 부족했던 경상도 북부 지방에서는 특히 배를

곯은 사람이 많았다. '해마다 이맘때쯤이면/투박한 경상도 언어도/입속에서 풍화작용을 일으키지'가 불러온 눈물겨운 시절의 이야기가 이제는 한 시절의 미담처럼 여겨지기도 하겠지만 생각만 해도 어떻게 살아내었을까 갸우뚱해진다. 시인은 그 시절의 아픔과 슬픔을 그냥 넘기지 않는다. 헛웃음이 가슴뼈 안쪽에서부터 퉁기며 등뼈를 지나 살 속 깊이까지 가지를 뻗는 것을 정면으로 마주한다. 서러움을 삼키고 눈물을 삼키면서도 그때의 말을 놓지 않는다. '쌀쌀한 날씨가 살살해지고/ 싸리문이 사리문으로 열리면/ 귀한 쌀밥은 어김없이 살밥이 되지/ 추수가 끝나자 누나는 밤마실로/ 쌀뒤주를 뒤지는 살도둑이 되었고/ 겨울이 채 가기도 전에 내 도시락은/ 까만 꽁보리밥으로 채워졌지…지금도 찬바람이 불 대면 밥상머리엔/ 어머니 한숨 섞인 살 냄새가 피어오르지'라고 말하는 눈엔 눈물이 가득하나 입은 웃음이 가득함을 상상할 수 있다. 경상도 사람들의 특유한 발음 중 하나인 쌍시옷 발음의 잘못이 오히려 말의 의미를 곱씹게 만들고 무게를 더한 경우가 되고 있음을 시인은 너무도 잘 파악했다.

시란 바로 이러한 것일 테다. 의미를 의도적으로 곡해하거나 일부러 늘어뜨리는 것이 아니라 단숨에 뛰어들어가서 그것이 함의하는 이미지를 극화시키는 것이다. 오직 나만의 세계, 나만의 슬픔, 나만의 기쁨을 어떻게 옷을 입히고 변주하는가에 있다. 뻔한데 뻔하지 않는 것, 그러한데 그러하지 않는 입심에 있다.

들일 마친 어스름 진 뒤뜰,
아버지의 오아시스인 줄 몰랐다

엄마가 쑤어놓은 포도주가
채 익기도 전부터 아버지께서
환한 얼굴로 나타나시곤 했다
궁금한 어느 한여름 밤,
뒤뜰에 항아리 뚜껑을 열었다
그 속에 별들이 둥둥 떠다니고 있었다
달짝지근한 별 하나 별 둘,
알알이 떠도는 별들을 건져 먹었다
어린 내 눈동자 속으로 빙글빙글
큰 산이 휘몰아 돌고
별들이 바쁘게
왕래한 것을 처음 알았다
몇억 광년 잘 익은 별들,
아버지의 뒤뜰에서
그토록 반짝거릴 줄 몰랐다
항아리 속에서 익어갈 줄 몰랐다

— 「아버지의 뒤뜰」 전문

「아버지의 뒤뜰」은 참 아름다운 시다. 삶의 근원이 부모에게서 비롯됨을 누가 모르겠는가. 하지만 시인은 시적 근원과 자양을 부모에서부터 비롯됨을 시편 곳곳에 심어 놓았다. 이 시 역시 그러하다. '들일 마친 어스름 진 뒤뜰,/ 아버지의 오아시스인 줄 몰랐다' 농사를 마친 아버지의 노곤함이 '엄마가 쑤어 놓은 포도주'가 놓인 뒤뜰에서 해소되고 있음을 안 시인은 일련의 상황을 그냥 지나치지 않는다. 상상력을 한껏 동원한 아름다운 동시의 세계로 안내하고 있다. 그뿐 아니라 스스로 참지 못하여 '궁금한 어느 한여름 밤, 뒤뜰에 항아리 뚜껑을 열었다/ 그 속에 별들이 둥둥 떠다니고 있었다/ 달짝지근한 별 하나 별 둘, 알알이 떠도는 별들을 건져 먹'어버린다. 익숙한 풍경이다. 그 시대에 유행한 모습이다. 밀주를 만든 집이나 근처 술도가에서 술지게미를 먹고 비틀거린 어린아이의 이야기가 아닌가. '아버지의 뒤뜰'에서 해학의 단내가 물씬 난다. '몇억 광년 잘 익은 별들,/ 아버지의 뒤뜰에서/ 그토록 반짝거릴 줄 몰랐다'라고 이제야 실토하는 시인은 일상의 삶이 흔들릴 때마다 그때 그 시절을 떠올리는 것이다.

밀양이 고향인 시인은 시 「고향집」에서 '보릿고개 아버지 빈 지게'를 통해 어릴 적 핍진한 삶의 풍경을 펼쳐보이는가 하면 봄날, 하얀 산벚꽃이 된 어머니를 생각하며 마음이 편치 않다. '있는 듯 없는 듯 백발이신 어머니,…이른 봄 산기슭 뻐꾸기 소리에/ 산벚꽃이 하얗게 피었다…보일 듯 말 듯 산 중턱 한 그루/ 백발인 채 자꾸만 날 부른다'(「산벚꽃」)에서 시인은 이제 지난날의 삶이 현재의 삶에 이완되면서 새삼 스스로 돌아보는 시간을 갖는다.

바람이 분다
신불산 억새 우는 소리
이 강의 음유로 듣는다
청보리 빛 시골길을 가로질러
도심 쪽으로 흘러 어언 삼십여 년,
급격한 유년의 흐름을 지나
한 번도 거스른 적도 범람한 적도 없는
고달픈 내 강줄기를 생각한다
삶이 허기져 바닥을 드러낼 때도
신성한 노동만큼 꺾인 내 허리
저 강줄기만큼이나 휘어있다
어디쯤 흐르고 있을까 내 모습,
고요한 수면 위로 수제비를 뜬다
핏기 잃은 청춘이 파닥거린다
기름진 이 강 넘나든 세월,
신불산 억새 우는 소리 위로
낯설어가는 내 흔적 드리운다

— 「태화강」 전문

시인의 시간은 지금 대부분의 삶을 보내고 있는 울산 태화강에 머물러 있다. 지난 시간에 대한 회한에 젖어 있다. 누구랄 것 없이 시간은 지나고 또 새로운 시간은 도래한다. '바람이 분다/ 신불산 억새 우는 소리/ 이 강의 음유로 듣는다/ 청보리 빛 시골길을 가로질러/도심 쪽으로 흘러 어언 삼십여 년'의 시간이 시인을 관통했다. 그 시간은 '한 번도 거스른 적도 범람한 적도 없는/ 고달픈 내 강줄기를 생각'하게 한다. 얼마나 힘들었으면 '삶이 허기져 바닥을 드러낼 때도/ 신성한 노동만큼 꺾인 내 허리/ 저 강줄기만큼이나 휘어' 있을 거라고 여길까. '고요한 수면 위로 수제비를 뜨'면서 '핏기 잃은 청춘이 파닥'이고 있음을 보고 있다. 시간은 강물처럼 유유히 흘러가지만 나는 여전히 이곳에서 흘러가는 시간의 강물을 무연히 보고 있다. 하지만 '낯설어가는 내 흔적'을 이제는 떠나 보내야 한다.

시 「태화강」에서 점점 낯설어가는 내 흔적을 발견했다면 「이명」은 탈각을 꿈꾼다.

오래전부터 정신의 한 모서리

자리를 튼 매미 한 마리

사시사철 귓속에서 울어대지

언제 집을 지었는지 알 수 없지만

태풍처럼 휘둘렸을 정신의 끝자락에서

고달픈 노래를 불러주곤 하지

좀처럼 달라지지 않는 일상처럼

진부한 노래를 듣고 있노라면

내가 한 그루 나무인 줄 착각하지

기약 없는 동거라지만

이명의 화음이 환청처럼 익숙하여

생이 이토록 단조로운 음에 편향된 줄 몰랐지

정신의 한가운데 방목 되어

울림판만 있고 날개를 잃어버린

가냘픈 매미 한 마리,

언젠가 금선탈각을 거쳐 푸른 숲으로

자유로이 날아갈 날 기대해 보지

— 「이명」 전문

　이명을 앓는 이의 공통된 현상은 몸의 건강에서 비롯된 이
상이 정신의 한 부분을 의심하게 한다는 것이다. 많은 사람이
이 증세로 힘들었을 것이라고 짐작되는데 단순히 귀에서 소
리가 나는 정도가 아니다. 몸의 균형을 잃어 직립을 상실한다
는 데서 심각한 정신적 상처를 입는다. 정서적 상처 또한 심각
해서 증세가 완화될 때까지 삶의 중력을 지탱할 수 없다는 것
이 더 큰 문제가 된다. 병증의 원인이 또렷하지 않고 재발도 많
다. '오래전부터 정신의 한 모서리/ 자리를 튼 매미 한 마리'

라고 단정한 시인은 '사시사철 귓속에서 울어대'는 이명에 이미 시달리고 있음을 실토하고 있다. 하지만 이제 시달리지 않기로 한다. '좀처럼 달라지지 않는 일상처럼/ 진부한 노래를 듣고 있노라면/ 내가 한 그루 나무인 줄 착각'한다. '이명의 화음이 환청처럼 익숙하여/ 생이 이토록 단조로운 음에 편향된 줄 몰랐지/ 정신의 한가운데 방목되어'라고 자조적 동의에 스스로를 가둔다. 건강의 적신호를 포착하게 된 시인의 탄식은 끝내 '언젠가 금선탈각을 거쳐 푸른 숲으로/ 자유로이 날아갈 날을 기대'하며 스스로 다독이는 것만이 유일한 해결책임을 실토한다.

시 「우산」에서도 허리 꺾인 삶을 직시한다. 바람을 견디기 어려운 우산살의 속성을 그냥 보아넘기지 않고 자아를 돌아보는가 하면 「신발 한 켤레」에서는 '산골에서 자란 내 유년의 발,/ 한 번도 새 신을 신겨본 기억이 없다'라고 빈한한 유년의 발을 뜨겁게 바라보고 있다. 반 고흐의 그림에서 '한 켤레의 연민과 한 켤레의 고뇌'를 동일시하는 그 이면이야 짐작할 수 있으나 지난 시간을 떠받치는 강인한 '신발' 한 켤레를 갈망하는 시인의 시간은 이제 새 신발의 갈망에만 머무르지 않는다.

시인의 시간은 이제 '화폭을 들이받고 뛰쳐나온/ 황소의 고삐를 낚아채지 못했던…유년에 날렵했던 소몰이 실력…그때 귀하디귀한 바래기 토끼풀…한 솥 넣어주지 못한/ 내 팔이 자꾸 미안'한 이중섭의 「황소」그림을 뛰어넘어 '무채색 겨울산에 들어서면/ 한 그루 순례자가 된다…부처님 가부좌처럼 불쑥 길 위로/ 무릎을 내밀고 가는 길을 묻는다'의 「바람의 경전」에 닿는다. 새봄을 준비하는 삶의 여정은 지난 것을 버리는 것이 아니라 껴안을 때 시작된다. 시 「폭염사용설명서」에서 배냇골 파레소 계곡에서의 그늘을 찾아내고 '가지산 자락에서 선방을 지나/ 반야교 아래로 흘러가는'「석남사 계곡」을 통과한다. 이윽고 닿은 「가을의 필사」「가을 문장」「가을 묵시록」은 가진 것 다 내려놓을 준비를 하는 시간을 맞는다. '이제 거슬러도 좋은 날들을 생각'하는 「겨울 폭포」, '기다림에 익숙한 정자항'의 「겨울 포구」, '호호호, 얼음을 떼어내'는 「문수사 겨울」에 이르러 정념의 시간으로 이입된다.

3.

새로운 시간을 받아들인 이성웅 시인은 자신 앞에 놓인 생의 낯선 동선을 자각한다. 현실의 시간을 직시하는가 하면 적극적으로 끌어안는다. 현재에 이르기까지 과도한 지난 시간에의 탈각은 스스로를 부침에 몰아넣었다. 상실과 핍진한 현실을 정면으로 인식하게 만들었을 것이다. 시인의 시간은 새로운 자각에 있으며 그 목적은 현재의 시간, 즉 일상을 어떻게 살아내어야 할 것인가에 있다. 추상적 개념의 막연히 '잘 살아내는 것'이 아니라 보다 구체적이고 보다 뚜렷한 대상에 대한 이해, 실제로 감각 할 수 있는 것에 대한 인정, 필요한 만큼 만져보고 그 결과를 측정할 수 있어야 한다는 것, 매일 만나는 대상을 인지하고 적극적으로 끌어안는 것에 있다.

　아래의 시는 새롭게 도래한 현재의 시간을 매우 구체적으로 적극적으로 껴안고 있음을 보여준다.

　　　난 친구라곤 하나 없다
　　　학교는 무거운 중력에 속해 있었고
　　　반 아이들은 나를 바보라고 불렀다
　　　(중략)
　　　둘이 사용하는 책상의 경계는 불투명하여
　　　짝지는 내 영역 절반까지 침투해서 사용했다
　　　같은 반 여학생들은 날 왕따시키고
　　　두더지 잡듯 스트레스 해소제로 사용했다
　　　대들고 싶지만 내 말은 혀 속에 갇혀
　　　우물거릴 뿐 나를 대변해주지 못했다
　　　(중략)
　　　날 괴롭힌 아이들,
　　　스물여섯 아직도 하마 뱃속에서
　　　더 이상 자라지 못하고 있다
　　　내 대기권 날씨는 대답처럼 우물거리고

물먹은 하마처럼 축축하다
오늘도 두더지처럼 일어나는 그때 반 애들,
일기장에 불러들여 콩콩 찧고 있다

— 「지적인 일기」 부분

시인의 현재는 장애우들과 함께 하는 시간에 정박해 있다.
은퇴 후의 큰 변화이다. 치열했던 지난 시간은 늘 회사 업무에
맞춰져 있었으므로 그에 비해 다소 느슨한 감이 없지 않을 것
이다. 하지만 시인은 새롭게 눈을 반짝이고 있다. 내게 온 이 시
간, 온전히 나의 것이라는 것을 인지하고 있다. 아니라면 작품
을 통해 열정을 발견하기 어려울 것이다. 전혀 새로운, 전혀 이
질적인 세계로의 진입을 통해 맞닥뜨린 현재의 일상을 만난다.
시인은 두 눈을 크게 뜨고 꼼꼼히 찾아내어 적나라하게 보여준
다. 내용이 매우 구체적이면서도 활달하다.
　'난 친구라곤 하나 없다/ 학교는 무거운 중력에 속해 있었
고/ 반 아이들은 나를 바보라고 불렀다'로 시작된 이 시의 구
체성은 일기라는 창문을 통해 바깥세상과의 접촉을 시도하
는 것에 있다. 주변 친구들과의 불통은 물론 왕따를 당하고 있
는 '나'는 '내 말이 혀 속에 갇혀 우물거릴 뿐 나를 대변해주
지 못'한 것을 슬퍼한다. 스물여섯의 나이를 먹었으나 어느 것

도 스스로 결단하거나 외부로부터의 침입을 막아낼 도리가 없다. '둘이 사용하는 책상의 경계는 불투명하여/ 짝지는 내 영역 절반까지 침투해서 사용했다/ 같은 반 여학생들은 날 왕따시키고/ 두더지 잡듯 스트레스 해소제롤 사용'하고 있어도 '몸이 무기처럼 딱딱해갔'을 뿐이다. 시인의 시선은 바로 여기에 머물러 있다. 정신이 더 이상 성장하지 않는 매몰찬 현실을 이렇게 해 줄 수가 없다. 최상의 방법은 함께 나누고 함께 있어 주는 것이다.

그들에게 길이란 모험이고 상처다
요철로 읽는 길은 온갖 음모가 도사리고 있다
둘은 같은 보폭을 가진 하나여서
얼마나 많은 도미노를 건드렸을까
탁탁 촉각을 곤두세운 남자의 하얀 안테나
(하략)

　　　　　　　　　　　　　　—「청맹」부분

종무식 날 그에게 날아온 문자
'귀하는 미취업해당자입니다'
장애인일자리센터에서 날아온 한 문장,
새해부턴 집에 쉬라는 통보다

'샘미치업이게모예요.
새해도샘과근무하수이조
나머잘모하서요'
(중략)
스물다섯 해만에 첫 취업 4개월
매월 꼬박 저축의 희망이 닫힌다

— 「지적인 문장」 부분

그는 매일 지상 탈출을 시도한다

특수학교를 마치면 증발하듯
이곳 수영장으로 온다
물이 자신을 수호한다고 믿고 있다
태어나면서 뇌병변의 혹성에 갇혔지만
이를 탈출할 방법을 물속에서 찾아낸 것이다
(중략)
그만 들을 수 있는 물의 소곤거림
혼잣말로 더 가벼워지고 있다
간혹 화가 치밀어 오를 땐 철썩,
주먹으로 때려도 못이긴 척 맞아준다
물을 솟구치는 돌고래가 되거나
첨벙첨벙 물 위로 다니는 소금쟁이가 되고

물의 샅바를 잡고 나뒹굴며 씨름도 한다

그는 지상의 모든 자유와 정의를 위해
오늘도 혹성탈출을 감행하고 있다

—「혹성탈출」 부분

위의 시에서 장애우들과 기쁨과 좌절을 함께 하면서 사회적
편견뿐 아니라 스스로에게도 내몰려 있는 것을 가슴 아파하는
시인의 모습을 볼 수 있다. 장애우들의 복지나 현실적 처우 개
선이 예전보다 나아졌다고는 하지만 문제는 그 자신들이 받아
들이는 현실 인식에 더 큰 문제가 있다. 이를 바라보는 시인의
현실 인식의 좌표에도 빨간불이 켜진다. 아무리 애를 써도 아
무리 노력해도 얻어지는 것은 뻔하다. 이들이 가진 한계라고
단정 짓기엔 현실이 너무 가혹하다. 어떻게 달리 도움을 줄 수
없음을 뼈아파한다. 관념적 세상도 아니고 추상적 현실도 아
니다.

'그들에게 길이란 모험이고 상처다/ 요철로 읽는 길은 온갖
음모가 도사리고 있다'(「청맹」)에서도 '종무식 날 그에게 날아
온 문자/ 귀하는 미취업해당자입니다…샘 미치업이게모예요/
새해도샘과근무하수이조'(「지적인 문장」)라고 말하는 이는 재
취업 탈락을 통보받은 장애우이다. 길을 갈 때도 온갖 장애가

길을 막고 있는 장애우들의 현실적 장애는 중증의 고통을 수반한다. 시인은 이 모든 현실을 인식한다. 어떻게 손을 쓸 수 없는 시인은 내면 성찰에 내몰리게 된다. 위로가 중요한 것이 아니다. 함께 나누는 것이 중요한 것이 아니다. 무엇을 어떻게 해 줄 수 있는가. 어떻게 하면 조금이라도 힘이 될 것인가 등등의 생각들이 한순간에 무력해진다. 이건 자아의 절망이 아니다. 희망을 위한 노력의 문제도 아니다. 이 시에서 파악한 것은 오직 시인이 처한 현실을 함께 들여다보아야 한다는 것이다.

'그는 매일 지상 탈출을 시도한다…수영모에 파란 수경을 끼는 순간/ 푸른 동화의 나라로 이륙한다…모든 가벼움이 물 위에 있듯/ 모든 자유가 물속에 있다…같이 대화해 줄 아이 없어도/ 물은 언제나 변함없이 놀아 준다(—「혹성탈출」)'라고 시인은 말한다. 물에서 자유로운 장애우를 보면서 물속이야말로 완벽한 자유의 세상임을 인지한다. 이들과 함께하지 않았다면 대강 지나칠 법한 현실이다. 이제 시인은 세상을 깊숙이 알아 가고 있다. 눈앞의 세계, 세상은 한층 깊어지고 넓어진다. '그는 지상의 모든 자유와 정의를 위해/ 오늘도 혹성탈출을 감행하고 있다'라고 단언한다.

이성웅 시인의 시간은 오늘도 일상에 머물러 있다. 다양한 시편을 통해 수많은 내면의 시간과 함께 새롭게 도래한 시간이 어떻게 변화하고 육화되는가 살펴보았다. 어떻게 살아왔는가. 어떻게 살아갈 것인가는 지금 현재 어떻게 살고 있는가에 집중

되고 있음도 보았다. 딱딱하지도 물렁하지도 않으면서 사정없이 찔리게 되는 시간의 반란을 잘 다독이는 시인은 오늘도 능청스럽게 새로운 시간을 즐기고 있다.

| 이성웅 |
• 2006년 『울산문학』 신인상 수상. 2012년 첫 시집 『엘 콘도르 파사』 발간.
• LG하우시스, 한국표준협회 컨설팅 전문위원 역임. 현, 울산장애인종합복지관 상담 및 관리.
• 전자주소 : swleeg9787@hanmail.net

시와소금 시인선 087

클래식 25시

ⓒ이성웅, 2018. printed in Seoul, Korea

1판 1쇄 발행 2018년 11월 10일
지은이 이성웅
펴낸이 임세한
책임편집 박해림
디자인 유재미 정지은

펴낸곳 시와소금
출판등록 2014년 1월 28일 제424호
발행처 강원 춘천시 충혼길20번길 4, 1층 (우-24436)
편집실 서울시 중구 퇴계로50길 43-7 (우-04618)
팩스겸용 (033)251-1195 / 휴대폰 010-5211-1195
이메일 sisogum@hanmail.net

ISBN 979-11-86550-81-6 038100

값 10,000원

• 이 시집은 울산시 울산문화재단 지원금으로 제작되었습니다.